나이들어 깨우친 후에
초연히 부르는 삶의 노래,

# 멍돌의 노래

내로라 편집본

내로라 출판사에서 멍돌 시인의 시집 '멍돌의 노래' 중
몇 편을 골라 영어로 번역하여 엮은 한영대역 시집입니다.

When

Everything

Fades in Time

모든 것이

시간 속에

사라져

이제 살날이 훨씬 더 적게 남은 나의 삶.
이름을 찾기 위한 방황과 고뇌의 시간을 보내고
이제야 비로소 그럴듯한 나의 이름을 찾았습니다.

필명 멍돌은 멍청한 돌멩이라는 뜻입니다.
돌멩이는 길가에도 야산에도 바닷가에도,
심지어 매일 밟는 땅 어디에도 존재합니다.
그런데도 저는 지금에 와서야 그 이름을 찾았습니다.
참으로 멍청하다 하지 않을 수가 없습니다.

몽돌이라고 예쁘게 불러 주시는 분들도 계십니다.
그것 또한 좋습니다.
아무렴 어떻습니까.
이제는 내가 나를 알아보는데.

# 목차

# Approaching Sixtieth

My square shaped heart

with sharp pointy edges

bumps and pricks

other rounded hearts.


Watching them hurt

agonizes me too,

not daring to approach

I stand alone and stare.


One day to be round

I start to roll around.


Edges wearing and tearing,

the pain grows stronger.

# 이순(耳順)에 다가가며

네모난 내 마음

마음 쓸 때마다 부딪혀

뾰족한 사각 귀퉁이에

다른 동그란 마음이 찔려.


아파하는 마음보면서

내 마음도 고통스러워.

아무에게 다가가지 못하고

그저 모든 것을 바라만 보네.


어느 날 둥글어지고 싶어

스스로 뒹굴기 시작했더니


사각 귀퉁이 깨지고 무뎌지며

고통이 극심하네.

After rolling and rolling untill unending,

would I become rounded like others?


My square shaped heart

crushing edges to be round

endures pain

for the day of becoming

rounded, brightly.」

이렇게 뒹굴고 뒹굴다 보면

언젠가는 결국에는 둥글어지겠지?


네모난 내 마음

조금씩 둥글어지며

고통의 시간을 버티네.

빛나게 둥글어 질

그날을 위해서.」

# Intended Hesitation

---

If I take my heart

to wash, brush, dry, and

roast well under the sun,


would anyone

take it to make a

warm cup of tea?」

# 침묵하는 동안

내 마음,

잘 씻고 닦고 털고 덖어서

햇살 받아 건조 시키면,


누군가에겐,

따스한 차 한 잔이

될 수 있지 않을까요?」

# Clown

---

Wind ignores subjectivity,

and Time ignores mercy.


Though hoping to be awake all the time,

I ended up being a clown in the street.


Behind the foolish smile,

Time flies backwards.

Behind the flasy custume,

subjectivity is put in the pillory.


Despite it all, I still give thanks

for staying awefully awake.」

# 광대

바람은 나의 주관을 무시하고

시간은 나의 자비를 무시하네.


늘 깨어있음을 소망하지만

결국 시장통 광대가 되었네.


어리석은 웃음 뒤에

시간은 거꾸로 가고,

화려한 의상 뒤로

나의 주관은 웃음거리가 되네.


그래도 나는 깨어있음에

오늘도 감사하네.」

# Self Portrait

A life like an wind.

Though I tried leave no marks,

traces like the tatter left here and there.

Becuase song had been sung but life is yet to end,

I am lost in the way and blinded by the sunlight.

When the crow cries day and night at the distant,

who is it that cries with the crow.」

# 자화상

---

바람 같은 삶.

흔적 남기지 않으려 애썼지만

군데군데 누더기처럼 남아버렸네.

노래는 끝났는데 삶은 이어지니

갈 길을 잃고 태양 빛에 눈이 멀었네.

밤인지 낮인지 까마귀 울음소리 아득하건만

더불어 우는 건 그 누구이던가.」

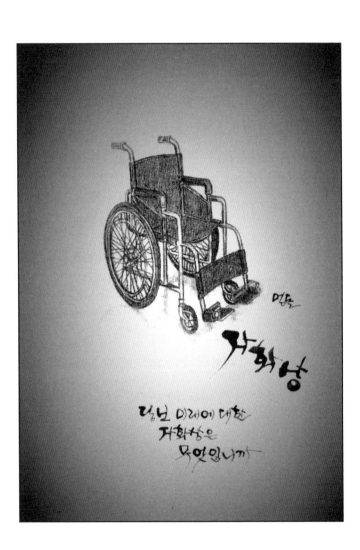

믿음

자화상

당신 미래에 대한
자화상은
무엇입니까

## 지혜로운 자는 침묵한다.

꽉 막힌 가슴속.

소리도 못 지르겠고, 노래 부르면 울 거 같고, 조용히 가슴을 삭여 본다.

입술이 달싹달싹 그래도 안 되면 무슨 말이라도 해야 풀릴 거 같아서

못 부르는 휘파람으로 대신 말한다.

휘- 휘-

가슴에 멍울이 하나씩 하나씩,

바람 새는 소리 사이로 식도를 타고 입술로 올라온다.

그제야 가슴에 바람이 분다.

휘 이 익 -

# Daughter's Daddy

---

Let me put up the most splendous light for you,

even if that means burning off every bit of my life.」

# 딸 바보

화려하고 눈부시게 밝혀 줄 테다

내 생을 전부 태워서라도.」

# Should've

Should've embraced more,

should've understood more,

should've encouraged more,

should've been tender more.

I kept contemplating on my stuipidity.


Should've hugged more,

should've loved more,

should've been with more,

should've thought of more,

should've….


Now I have no choice but to ever pine for.」

# 조금만 더

---

조금만 더 참아 볼 걸

조금만 더 이해할 걸

조금만 더 위로할 걸

조금만 더 잘해 줄 걸

못난 나를 자꾸 뒤돌아본다.


조금만 더 안아 줄 걸

조금만 더 사랑할 걸

조금만 더 곁에 있어 줄 걸

조금만 더 생각할 걸

조금만 더...


이제는 아주 많이 그리워하는 수밖에.」

# Last Wish

On the day of my going away,


please

let the sky be dazzling blue,

the sunline be warm and bright,

the foolish obsessions be swept away.


On the day of my going away,

please let my body, mind, and heart

be light.」

# 바램

---

내가 돌아가는 날.


하늘은 시리도록 파랗고

햇살이 따스하고 밝게 비출 때,

지나온 어리석음과 미련한 집착을

훌훌 털어버리고,


가벼운 마음과 가벼운 행장

가벼운 발걸음으로

떠나기를.」

# Longing

Just wanted to recall,

but tears shut the way.

Just wanted to draw in mind,

but sorrow surges to stab.

Just wanted to call out,

but throat soundlessly tores out.

Just wanted to long for,

but sadness overspreads.

Mother.」

# 그리움

그저 생각만 하려고 했는데

눈물이 가로막아 버렸네요.

그저 떠올리려 눈 감았는데

서러움이 비수처럼 온몸을 찌르네요.

그저 이름 부르려 하는데

목젖 찢어지는 아픔이 오네요.

그저 못 견디게 그리울 뿐인데,

슬픔이 그리움을 뒤덮어 버렸네요.

어머니.」

## 빛과 어둠

내 밤 어둠은 땅을 기고 당신의 아침은 하늘을 난다.
무섭도록 차가운 어둠과 햇살 가득한 아침이 만나서
비좁고 어두운 나의 공간에 따뜻하고 밝은 공기가 감돌아
숨조차 따뜻한 온기가 도는 미소 가득한 공간이 되길.
슬픔과 기쁨도 행복과 불행도 만남과 이별도 모두 그러하니
둘이 서로 다름이 아니다.
둘이 있어 서로를 더 느낄 수 있으니
빛과 어둠이 결코 다르지 않으리.
그래, 누가 빛이고 누가 어둠이면 어떠리.

# Becoming

---

Soring knees

forecasts the rain again.

Meaning, connection to the One up there

becoming ever closer.」

# 접선

---

무릎 쑤시는 날.

어김없이 비를 예감하는 건

이제 점점 하늘과 교신하며

가까워지는 중.」

# Dream

I dreamt a dream.

In dream,

I was a rustic

facing near death.


I woke up from the dream.

In reality,

I was the rustic

facing near death.


What a relief.

Time is, indeed,

an unexisting miracle.」

# 꿈

꿈을 꾸었다.

꿈속에서 나는 어느덧

죽음을 앞둔

늙은 촌부가 되어 있었다.


꿈에서 깨어났다.

삶 속에서 나는 정말로

죽음을 앞둔

늙은 촌부가 되어 있었다.


참 다행이었다.

시간이란 애초에

있지도 않는 기적이다.」

# The Rocking Chair

Rocking, rocking,

the world sways.

Rocking, rocking,

my life trembles.


Helplessly, I sit down

on my rocking chair.

Broken in pieces,

day sways away like a dream.


From the beginning,

this chair was made for you.

# 흔들의자

흔들흔들
세상도 흔들리고
흔들흔들
인생도 흔들린다.


흔들의자에
속절없이 앉으면
조각난 하루가
꿈처럼 흔들리며 저문다.


애초에 이 의자는
당신을 위해 만든 의자였다.

It was meant to be the only chair

for your tired and weary soul,

to support the weight of your life

and also the perpetual struggle.


But you have drifted away,

even before the chair comforts you,

even before you try to sit in it.


I sit

on your rocking chair.

Rocking, rocking,

unable to forget,

nor to let go.

삶의 무게를

억겁의 몸부림으로 받치던

지치고 쓰라린 당신을 위한

세상에서 하나뿐인 의자.


당신은 이 의자에 앉아

조금의 위로도 받기 전에

내게 서 멀어져 갔다.


나는

당신의 흔들의자에 앉아

잊지도

보내지도 못하고

오늘도 흔들리고 있다.

Rocking, rocking,

at every sway,

a memory reels away.


Rocking, rocking,

at every sway,

a longing sways away.」

흔들흔들

흔들릴 때마다

추억을 덮는다.


흔들흔들

흔들릴 때마다

그리움을 덮는다.」

# Beyond the Water of Forgetfulness

Even if I

raise the wind, call on the lightening,

walk on the waters, fly in the sky,

I cannot go

to the place you live.


Even if I

drop the beautiful flower rain,

start the cotton candy snow,

create the lemon scented clouds,

fall the golden shooting starts,

I cannot hear

the news you live.

# 서쪽 강 넘머

내가

바람을 일으키고 천둥 번개를 부려

물 위를 걸어도 하늘을 날아도

갈 수 없는 나라,

당신이 사는 나라.


내가

형형색색 아름다운 꽃비를 내려도

감미로운 오색 솜사탕 눈송이를 내려고

향긋한 레몬 향 구름을 향기롭게 띄워도

금빛 쏟아지는 별들을 유성으로 내려도

소식 없는 나라,

당신이 사는 나라.

Even if I

plea with my life,

pray all my days,

call out with blood bursting throat,

appeal with the chapped heart,

I cannot be answered

from where you live.


The place where you live,

is the place not for me,

not a thing left me to do.


The place where I live,

is the place not for you.

The place no longer exists

when you come visit.

내가

목숨 바쳐 미치도록 애원해도

삶을 포기하며 간절히 기도해도

피 토하며 절규하는 목청으로 불러봐도

답답해서 터져버린 심장으로 호소해도

대답 없는 나라,

당신이 사는 나라.


더 이상 내가

할 수 있는 게 없는 나라,

당신이 사는 나라.


언젠가

당신이 올 때쯤

없어져 버린 나라

내가 사는 나라.

The place where I live

is the place no where to be

where everything is gone, already.」

이미 모든 게

사라진 나라

내가 사는 나라.」

## 남겨진 몫

방황하고 있으니 방랑하게 되는 모양이구나.
정리되지 못한 어설픈 마음으로 세상을 살아가게 불나방을 닮았다.
삶 자체가 방랑이니, 속세를 떠날 이유가 딱히 없구나.
오늘도 방황하며 방랑을 떠나보자.
그렇게 정처 없이 떠돌다 보면,
내 본래의 마음을 마주치게 될지도 모르지.

# Present

Have I ever been a present to someone?

If I can turn my suffering into your hope,

I will send an endless hope for you.」

# 선물

누군가에게 선물 같은 존재가 되어본 적 있던가?

나의 좌절을 너의 희망으로 바꿀 수 있다면,

나는 끝없는 희망을 너에게 선물하겠다.」

# Consoling

---

I do not know the ways to console your heart,

for I cannot know all the pains and sorrows

you have gone through.


All I can do now is to

silently stand by your side,

facing the pain and sorrow,

hoping to take a part.


When the time passes and

the pain becomes a bit blunt,

when the sadness dies away,

I will hold your hand in mine.

# 위로

지나온 당신의 아픔과 슬픔을

다 헤아릴 수 없어

감히 어떻게 위로해야 할지 모릅니다.


내가 할 수 있는 일은 그저

묵묵히 당신의 아픔과 슬픔,

고통의 시간을 같이 보내며

나뉘길 바라는 수밖에요.


시간이 흘러서 조금은 무뎌져

당신의 아픔이 조금 숙어 들고

슬픔이 조금 잦아들 때쯤

가만히 당신 손을 잡아 보겠습니다.

When the time fills the void and

you are ready to stand again,

I will hold you up,

and walk in step.


Hoping that you will find

comfort in my sincerity.」

다시 시간이 채워져

당신이 조금은 일어설 수 있을 때

당신을 부축하고

발맞춰 보겠습니다.


나의 진심이 당신에게

위로가 되기를 희망하면서.」

# Old Poet's Song

Warmth of an old lamp

resembles the warmth of a person,

for that, old poet sings once more.


When the sorrow spreads like a misk

and drizzles against the glass window,

old passionate memory of the past

fuels the heat in cold stoned heart.


While the song forgets the lyric,

the lyric forgets the rhythem,

and everything fades in time,

the old poet forgot who he was.

# 늙은 시인의 노래

낡은 전등 불빛 사이에서 나오는

뽀얀 속살 같은 따스함은

가난한 시인을 오늘도 노래하게 하네.


하얀 안개 같은 서러움이

유리창에 빗물처럼 부딪히고

뜨거운 지난날 기억들은

차가운 심장에 불을 지피네.


노래는 가사를 잊고

가사는 음률을 잊어버려

모든 것이 시간 속에 사라져

늙은 시인은 스스로를 잊었네.

The memories like yellow cottoncandy

slips through the lights of the old lamp,

for that, the old poet rests in peace for good.」

낡은 전등 불빛 사이에서 나오는

노란 솜사탕 같은 추억은

늙은 시인을 영원히 잠들게 하네.」

# It's Good

It's good to not have to think at all.

It's good to not plan anything.

It's good to be free from any promises.

It's good to not having to do any.


To do, or not to do, is all up to me.

It's good to be free from everything.


It's good to not silently stand still

while watching the birds in sky

freely flying on a light breeze.

It's good to smile like a lotus

while watching the flowers bloom

compassionately over the lake.

# 좋다

아무 생각을 하지 않아도 되니 좋고,

아무 계획을 세우지 않으니 좋다.

약속을 하지도 지키지도 않으니 좋고,

꼭 해야 할 일이 없으니 좋다.


내 마음대로 해도 그만 안 해도 그만

모든 것에서 벗어나니 좋다.


가느다란 실바람 타고

자유롭게 떠도는 새들을

말없이 웃으며 바라볼 수 있고,

호수에 번져 자비로운 마음으로

온 세상을 품은 연잎을

연꽃 같은 미소로 바라볼 수 있고,

It's good to put my heart

up on a clean white cloud

which wanders through the world.


It's good to take a close look

at everyday changing sky, moon, and starts.

It's good to quietly sit down and

watch beautiful motion of singing flowers,

smell the busily news delivering winds,

feel the wholly straddling waves of trees.


It's good to loose grip,

for now I can see it all.

It's good to be out of the world in this world.

It's good.」

둥둥 가벼운 몸짓으로

세상을 유람하는 흰 구름에

내 마음이 실려 갈 수 있어서 좋다.


매일 다른 하늘의 달과 별을

깊게 관찰할 수 있어서 좋고,

노래하는 꽃들의 아름다운 몸짓도

새로운 소식을 전하는 바람 내음도

모두를 아우르는 우직한 나무 울림도

가만히 앉아 바라볼 수 있어 좋다.


모든 것을 놓으니 비로소

모든 것이 보여 좋고,

세상 속에서 세상을 벗어나 사노라니

세상 좋다.」

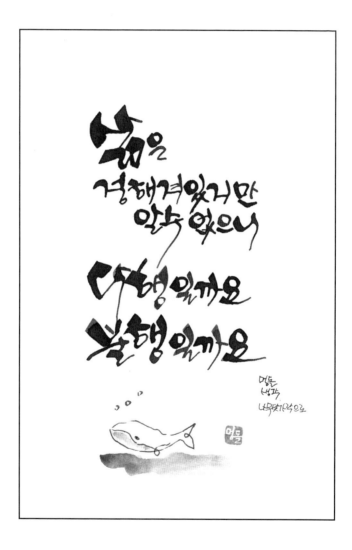

## 어진 이는 누구인가

인생에 정답이 있겠습니까?
누가 누구의 삶을 평가할 수 있겠습니까?
내 의지대로 안 되는 일이 더 많은 세상입니다.
그래도 가야 하는 인생길,
"노력하면 안 되는 일 없다,"
이런 고리타분한 잔소리 그만하고,
그냥 잠시 쉬어 가지고,
쉬는 동안 물이나 한잔 같이 마시고
같이 쉬어 주는 건 어떨까요?

# A Night of Counting Stars

Stars filled the night sky so I cannot count.

Sadness filled my heart so I cannot embrace.

Stars scatter down from the sky like mirage, and

sadness forlornly fall from the heart like misty rain.

Stars fades away,

as the love as well.」

# 별 헤는 밤

하늘엔 별들이 가득 차서 셀 수가 없네.

마음엔 슬픔이 가득 차서 담을 수가 없네.


하늘엔 별들이 신기루처럼 흩어져 내리고,

마음엔 슬픔이 안개비처럼 쓸쓸히 내리네.


별도 스러지고,

사랑도 스러지네.」

# That's Life

Despite it all,

I still keep on eating and drinking,

and sometimes drinking tears instead.

Bursting, bursting for few days,

when the tears run out,

I still keep on longing.

I thought I'd die if not see,

but the life went on

even after stabbing dagger at heart.

Is it a dream or reality?

No one can tell,

but time keep on flying.

# 사는 게 그렇더라

때 되면 밥 먹고

밥 대신 술도 먹고

술 대신 눈물도 먹더라.


몇 날 며칠 울다가

울음 그치면

그리움만 먹고도 살더라.


못 보면 금방 죽을 거 같더니

가슴에 대못 하나 박고도

또 살아지더라.


가끔 꿈인지 생시인지 구분조차 안가지만

그래도 세월은 무던히도

잘 만 가더라.

Is it a fortune, or misfortune?

Memory keeps on failing.

In the end, longing is all I've got.


Without

remembering

who it was.」

다행인지 불행인지

기억이 자꾸 사라지니

그저 그리움만 남더라.


누구를

그리워하는지도

<u>모르고.</u>」

# A Life

Like wind, like clouds, aimlessly

I have been living like floating weed

with no place to rest my swaying heart.


I have been fully soacked

in a darkest ink of longing,

but even I can't seem to answer

to whom or what I longed for.


I know that all is nothing but an illusion,

but I still haven't found who I really am

nor where I should to go.


If luck smiles upon me in my later year,

the beloved stars will fill my heart

and cherished moon falling to it.

# 아무개 인생

바람처럼 구름처럼 정처 없이

마음은 흔들리고 떠다니며

안주할 곳 없이 부초처럼 살았네.


항상 진한 먹물 같은 그리움을

가슴에 가득 적시고 살았는데

정작 누구를, 무엇을 그토록

그리워했는지 스스로도 답이 없네.


만상이 공이요 허상인 줄은 알겠으나

아직도 스스로 누구인지

어디로 갈지 길을 못 찾았네.


말년에 운이 트여

좋아하는 별이 가슴에 차고

사랑하는 달이 가슴에서 기우는 날,

And I will be fortunate enough to read

the invitation from the west of the river

and know where to return to.」

서쪽 세상에서 기별이 오면

돌아갈 곳을 알고 가는

행운이라도 오려나.」

항상
진한 먹물
같은
그리움을
가슴에
가득 담아
넣었는데
저딴
누구를
무엇을
그토록
그리워했는지
스스로
답이
왔네

아직개인생中

## 깨달음

또 그럴듯한 사기를 치는구나.
어릴 적 동그라미 그려 놓고 속세와 청산을 왔다 갔다,
세상을 등 진척 세상을 배반하고 치열하게 살던 버릇,
가부좌 무게 잡고 앉아 세상을 희롱하다 된통 당하네.
깨달음이 곧 덧없음이고, 삶이 곧 깨달음이라.

# Anonymous 1

Gazing,

and gazing,

there burst tears.」

# 작자 미상 1

---

바라보다

바라보다

울고 말았네.」

# Goshiwon [Dormitory]

After crossing the tiring and futile bridge of a day,

I open the prison-like door to a small room #508.

It stinks of people who are on verge of death.


Clutching the starving stomach with my scrannel fingers,

I sneaking into the shared kitchen on tiptoe,

And abjectly take a bowl of free rice like a stray cat,

hoping that no one has seen me do it.


In the narrow corridor, encounters a man next door.

We exchange some lame look and

lean flat on the wall like dried squid to pass.

# 고시원

지치고 허무한 하루의 다리를 건너

감옥 같은 508호 작은 방문을 열면

죽음을 앞둔 사람들의 냄새가 진동한다.


주린 배를 채우려 행여 누가 볼 새라

뒤꿈치를 들고 종종걸음으로 간 주방에서

도둑고양이처럼 날래고 비굴한 몸짓으로

공짜 밥 한 덩이를 훔치듯 재빨리 퍼 온다.


좁은 복도에서 마주친 옆방 아저씨와

서로 수줍게 어설픈 눈빛을 교환하고

마른오징어처럼 벽에 몸을 붙여 피해준다.

I feel like a thief stealing rice and  back to my cell.

Feeling of misery drips after every footstep,

Like a blood dropping to the floor.


I move aside the TV monitor on the table

To make space for the abjectly taken rice.

Shoving the rice down the throat is like

Swallowing ball of thorn made of futility and solitary.


As I lay down in the casket-like bed, sound of

Coughing and sputum of a man next door and the

sleep talk mixed with tears of a woman the other door

drizzles down onto myself like the sore raindrops.

절도범이 된 심정으로 감옥 같은 방문을 열면

내 방까지 오는 그 짧은 시간에 참담함이

핏물처럼 바닥에 뚝뚝 떨어진다.


TV 모니터를 밀어낸 작은 책상 위에서

비굴하고 날쌔게 얻은 공짜 밥 한 덩이를

날카로운 가시를 목구멍에 밀어 넣듯이

진한 허무함으로 쓸쓸히 씹어 삼킨다.


나무 관 같은 작은 침대에 시체처럼 몸을 눕히면

옆방 아저씨의 가래 끓은 처량한 기침 소리와

다른 옆방 아주머니의 울음 섞인 슬픈 잠꼬대가

추적추적 빗소리처럼 아프게 꿈처럼 내린다.

Since I snore a lot,

I feel guilty again.


Everyone is copped in this little grave-sized room.

We all lay down our burned-out body on the bed, and

try to bury sorrowness and unending thoughts at heart,

painting over the futile dreams of the future.


Darkness from hell seep into the cracks of the wall,

And also into the sorrow that tatters my soul.

For the indifferent and empty spirit,

Let's put myself in sleep deeper than death.

코를 심하게 고는 나는

또 한 번의 죄를 짓는 거 같다.


두 평도 안 되는 이 무덤 같은 골방에서

다들 수많은 슬픔과 상념을 가슴에 묻고

헤어날 수 없는 늪에 빠져들어 가듯

지친 맨몸으로 각자의 허무한 꿈을 덮는다.


갈라진 벽지 속으로 지옥 같은 어둠이 스멀스멀

누더기처럼 찢어진 내 슬픔 위로 깊숙이 스며들면

아무것도 남아있지 않는 내 무심한 영혼을 위해

죽음보다 더 깊은 잠을 청해보자.

Would I be able to dream?

Dream of my younger days.


The days which I was immature,

But also fully and recklessly brave.


Dream of the useless hope,

For the not much left future.」

헛된 꿈이라도 꿀 수 있을까

내 젊은 날의 기억을.


도전과 무모함으로 용기 넘치던

내 철없는 날들의 기억을.


얼마 남아있지 않는 미래에 대한

내 부질없는 희망을.」

# Left Alone

All day long,

eyes kept on the phone,

fumbling.

It's loneliness.


All day long,

singing of the birds reminds

chatter of your voice.

It's longing.


All day long,

the wind blows to the west,

maybe leading me a way.

It's divagation.」

# 나 홀로되어

온종일

전화기만 쳐다보며

만지작만지작,

외로움이다.


온종일

지저귀는 새소리

그대가 재잘거리는 소리,

그리움이다.


온종일

실없이 부는 갈바람

나도 떠나야 하나 보다,

방황이다.」

낯대는건
안개 속에서
빛을 향해
나아가는
것

## 통달

꽉 채우고 사는 세상, 조금만 불편해도 살기 힘들다고 난리.
부족하고 없던 시절에 더 행복한 기억만 있는 건
부족할수록 서로 챙겨 주려는 따스한 온기 때문이었을 것이다.
자꾸 비워서
더 많은 여백을 만들어
여백이 필요한 다른 이들에게
조금이라도 내어주는 게
나의 작은 소망이다.

# Anonymous 2

Tearing,

tearing,

forgot the reason for it.」

# 작자 미상 2

---

울다가

울다가

우는 이유를 잊었네.」

# Self-Inflicted Punishment

At the end of another suffocatingly dry night,

the foolishness of past pushes through the darkness

and raises its sharp blade to the vein-lined neck.


The piercing wind carrying the smell of blood

tears and shreds my tragic flesh.

The scent must be mine.


When the sharp morning like a fox's claw

reveals its cruel teeth, what's left in the empty void

after stars and moon had vanished

is only the coarse breath as thick as a molten iron.

# 자학

또 하루의 끝이 숨 막히게 메마른 밤

어둠을 비집고 들이미는 지난 시간의 어리석음이

칼날을 시퍼렇게 세우고 핏대 선 목줄을 노린다.


비수 같은 바람을 맞고 허공에 풍기는 비릿함은

살갗이 조각나고 찢겨 만신창이가 된

내 처참한 비늘의 피비린내인가 보다.


여우 발톱 같은 날카로운 새벽이

잔인한 이빨을 드러내면

별도 지워지고 달도 지워진 빈 허공에

시뻘건 쇳물 같은 내 거친 호흡만 남는다.

My foolish and innocent soul wandering about

the boundary of life and death crashes

relentlessly against the cruel waves of reality,

tattered and shredded into pieces.


My little soul, scarred and shattered into pieces,

walks barefoot above the darkness dissipating sky,

while soothing the thunderous echoes of my breathing.


Upon the black stained shadow,

where everything goes with nothing coming back,

my self-punishment spreads

like poisonous mushrooms.」

삶과 죽음의 경계에서 이리저리 방황하던

어리석고 순진한 내 못난 영혼이

넘실대는 현실의 잔인한 파도에

이리저리 처참히 부딪쳐 갈가리 찢겨 간다.


조각조각 흩어져 상처 난 내 작은 영혼은

천둥처럼 요동치는 숨소리를 달래 가며

어둠마저 스러지는 하늘 위를 맨발로 걷는다.


모든 것은 가고 아무것도 오지 못하는

내 얼룩진 검은 그림자 위로

오늘도 나의 자학은

독버섯처럼 번진다.」

# At the End of This Night

When night falls,

my little space is lighted up with yellow twinkling stars.

Wearing reading glasses,

I stand against the small dark-permeated window

and stare at the little flower-tree in my garden.

The night spirit whispers something to the tree.

Maybe the flowers will bloom tomorrow morning.


Today also, as always,

a day passed by without any incidents.

The yellow light gradually becomes pale,

slowly shaking off sorrow.

My heart also trembles slightly.

# 이 밤의 끝에서

밤이 오면

내 조그만 공간에 노란 불빛이 별처럼 켜진다.

나는 돋보기안경을 쓰고

어둠이 스미는 작은 창가에서 멍하게

나의 뜨락에 심어 놓은 작은 꽃나무를 바라본다.

밤의 정령이 꽃나무에 무언가를 속삭인다.

내일 아침에는 활짝 꽃이 피려는가 보다.


항상 그렇듯 오늘도

아무 일 없이 또 하루가 그냥 갔다.

노란 불빛은 점점 창백해져

기어이 슬픔을 뚝뚝 떨군다.

나의 가슴도 작은 떨림으로 일렁인다.

Am I trembling of loneliness?

who is it that the light is waiting for?


Who am I waiting and longing for?

Who do I miss and want to call?

Do I want to hear the voice of someone?

Is there someone to answer the phone?


Who am I waiting for today, again?

for whom, is my heart aches?

for whom, am I desperately lonely?

Is there even anyone to miss?

나는 외로움에 떨고 있는가?

불빛은 누군가를 기다리는가?


누구를 기다리고 누구를 그리는가.

누가 보고 싶고 전화를 걸고 싶은가.

누군가의 목소리를 듣고 싶은가.

전화를 받아줄 사람은 있는가.


오늘도 누구를 기다리고

누구 때문에 가슴 시리게 슬픈가.

누구 때문에 처절하게 외로운가.

누구조차 없어서 누가 그리운가.

Even the yellow lights bow their heads and extinguish.

Another day dims like this once again.


Longing always follow after loneliness and sadness.

What comes fater the longing is

solitude, deeper than the death.」

노란 불빛마저 고개를 떨구고 존다.

하의 하루는 또 이렇게 희미해진다.


외롭고 슬플 땐 반드시 그리움이 따르고

그리움 뒤에는 죽음보다 더 한

고독이 찾아든다.」

# My Last Friend

In the dark,

humbly staying by

alone is,

Sadness.

Alas,

will you stay at least.」

# 마지막 친구

어둠 속에

덩그러니 초라하게 남겨진 건

오직 하나,


슬픔.


그래,

너라도 날 지켜다오.」

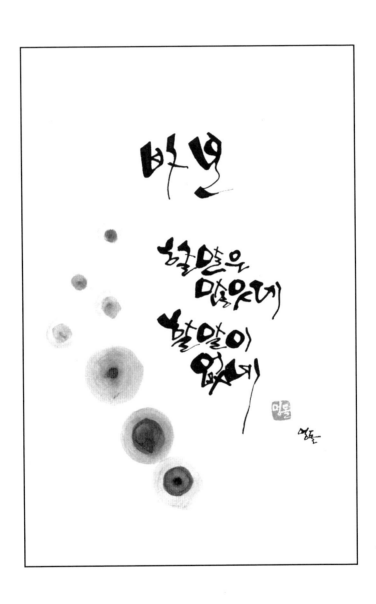

## 지우개

옛날 기억이 사라지는 것이 어쩌면 좋은 일일 수도 있다.
지나간 날들 얼마나 아프고 괴로웠는지 이제는 기억이 안 나니까.
단어를 내뱉으며 느껴지는 어렴풋한 감정으로 과거를 유추한다.
사랑이란 단어가 낯설지 않은 건 아마도
한 번쯤은 미쳐봤기에 그런 거라 결론지어 본다.
머릿속은 모두 지워져 텅 비어 버렸지만,
당시의 아름다움은 모두 가슴에 남아있기 때문일 것이다.

# How to See Time

If I forget the past,

and forget the future,

would I be able to see

the time of now?」

# 시간을 보는 법

지난 시간도 잊고,

다가올 시간도 잊으면,

비로소

지금의 시간을 볼 수 있을까?」

# How to Use Time

I meant to hold time tightly,

but I ended up dropping it.

Without asking where from and to

I ended up dropping me.


Life is an endless repeat sign,

ever-repeating music box.

It ends when the tape reaches an end.


I meant to hold time tightly

But I ended up dropping it.

I don't care where from,

I'm not curious where to.

# 시간을 쓰는 법

시간을 잘 쓰려다

시간을 놓아 버렸네

어디서 왔는지 어디로 가는지 묻지 않고

나를 놓아 버렸네


삶은 모두가 끝없는 되돌이표

무한 반복 오르골

태엽이 풀려야 끝나네


시간을 잘 쓰려다

시간을 잊어버렸네

어디서 왔는지 중요치 않고

어디로 가는지 궁금하지 않네

Life is not important for me.

Life is mere a time,

the one without a body.」

삶은 내게 중요치 않네

삶은 그저 시간이고,

시간은 실체가 없네.」

# The Answer

A day has gone by.

Nothing happenend.


Misfortune?

Fortune?

I am slowly forgotten.


Misfortune?

Fortune?

There is no the answer.


Let's not think of tomorrow.

Tomorrow doesn't exist anyways.

# 정답

하루가 저물었다.

아무 일도 일어나지 않았다.


불행일까,

다행일까.

나는 점점 잊혀 간다.


불행일까,

다행일까.

정답은 없다.


내일은 생각하지 말자.

내일이란 없는 거니까.

If I get use to

being forgotten,


one day,

will I be able to

forget myself.」

잊혀 가는 게

점점 익숙해지면,


언젠가

나 자신을

잊을 수 있겠지.」

# Mirror

---

I am surprised

to see the strange

me in mirror.


Am I looking at the reflection?

Or am I the reflection being looked at?

I cannot tell who the reflection of,

for I am alrady reflected.


Once I look into myself,

I am no more myself.」

# 거울

거울 속

낯선 나를 보고

놀라 버린다.


바라보는 것은 거울일까.

바라보는 내가 거울일까.

내가 바라보는 거울은 누구인가.

난 이미 거울 속에 있는데.


거울을 본 순간,

나는 이미 내가 아니다.」

얼마나
시간이
멀어지고
기억이
지워진
거리에서
나만홀로
깨어있는가

거워진거리 中에서

## 단단한 마음

나름 튼튼하게 쌓은 마음의 둑은 순식간에 무너진다.

비는 또 많은 것을 데려오고 데려가고 저 혼자 바쁘다

근데 어째 데려오는 것들은 죄다 가슴을 후벼 파는 것들뿐인지…..

남은 건 그 비에 흠뻑 젖은 금이 간 마음뿐.

이 비 그치면 또 둑을 쌓으리,

이번엔 더 견고하게.

# Soju

Why is it that

things visible to the

eyes of a drunk person

are not visible

to the sober

eyes?」

# 술

한 잔 술에

보이는 것들이,

맨정신으로는

보이지 않는

이유는,

뭘 까?」

# The Last Comfort at the Cliff's Edge

---

In the world I've created, I'm not the protagonist.

Creator and protagonist at once, is no fun.

I'm just a passing extra,

a surprise appearance, per se.


I must be in a world I've created.

That's why I'm one of the meaningless extra.

Otherwise, life shouldn't be so sad and lonely.


I must have taken the role

in consideration of other

sad and lonely people.

# 벼랑 끝 마지막 위로

내가 만든 세상에서는 나는 주인공이 아니야.

내가 만들고 내가 주인공이면 재미없지.

나는 지나가는 엑스트라,

말하자면 깜짝 출연.


아마도 지금 이 세상은 내가 만든 세상일 거야.

그래서 이렇게 아무 의미 없는 엑스트라인 거지.

그렇지 않으면 이렇게 슬프고 외로울 리 없지.


아마 다른 슬프고 외로운

모든 이들을 배려하느라고

내가 그 역할을 맡았을 거야.

And I must have erased my own memories.

So I don't even know that I'm the creator of this world.


Just endure a little more.

When this world ends,

another world will be created.

Then another role will be given.


Until the role playing of this world ends,

just relax and enjoy your role.

There must be a happyending prepared.


Goodluck.」

아마도 나는 스스로 기억을 지웠을 거야.

세상을 만든 이 나란 걸 나조차도 모르게.


조금만 더 참아봐.

이제 이 세상이 끝나고

또 다른 세상을 만들게 되면

그때는 또 다른 배역이 될 테니까.


지금이라도 세상 역할극 끝날 때까지

느긋하게 자신의 역할을 즐겨 봐.

결말에선 행복을 찾게 되어 있으니까.


아자.」

# Beggar

I am a beggar.

Not enough food to eat,

I'm always hungry.

But still, my empty stomach

makes me feel light and free.

Sometimes, a cold bowl of rice

Tastes so delicious, it brings tears.

Still, I do my keep.

With my comical gestures and songs,

I make people laugh.

But then again, hunger returns.

I am a beggar.

Having one thin suit,

I'm always cold.

# 거지

나는 거지

먹을 게 부족해

항상 배가 고파


그래도 뱃속이 비어서

항상 몸이 가벼워서 좋아

어쩌다 식은 밥 한 덩이가

눈물 나게 맛있어

그래도 밥값은 하지

우스꽝스러운 몸짓과 노래로

사람들을 웃겨줘

그러면 또 금방 배가 고파져


나는 거지

사시사철 얇은 옷

한 벌이라 항상 추워

But still, my light baggage

makes me feel ligh tand enough.


I am a beggar.

Wearing makes of people

all over my body. Sometimes,

I become a dashing gentleman,

othertime, an elegant scholar,

So I always look good all year round.


I am a beggar.

Without a family, I'm always lonely.

But having no one to support

My heart remains light.

그래도 입은 옷이 가벼워

항상 몸이 가벼워서 좋아


나는 거지

이 사람 저 사람의 흔적을

온몸에 기워 붙이고 다니지

때로는 멋진 신사복도 되고

때로는 품위 있는 한복도 되지

그래서 항상 사계절 폼이 나지


나는 거지

가족이 없어서 항상 외로워

그래도 돈 벌어서 부양할 사람 없으니

항상 마음이 가벼워서 좋아

Though sometimes,

I'm mad with loneliness

with no one to listen or stand up for me,

but at a single coin thrown at me,

I become a wealthy man who owns the world.


I am a beggar.

I sleep on streets becuase I have no home.

But since I have no home to return to,

I can leave for distant places anytime.

Even though no one invites me to home,

I wander through countless paths,

every corners of the world.

때로는 내 편 들어주는 사람 없어서

내 말 들어주는 사람 없어서

미치게 서럽고 외롭지만

내게 던져주는 동전 한 푼에

나는 세상을 다 가진 부자가 되지


나는 거지

집이 없어서 매일 노숙해

그래도 돌아갈 집이 없으니

언제든 먼 길을 떠날 수 있어

이래 봬도 오라는 데 없어도

삼천리 방방곡곡

안 가본 데 없지

When I lay down in a cozy grave to sleep,

the stars become a fine canopy,

the soft grass becomes

An exquisite, luxurious bed.

With the lullaby of crickets,

My free spirit

concludes each day.


I am a beggar.

With no worries of where to go,

with a light body and mind,

I've got nothing to discard,  nothing to forget,

nothing to erase, and not a thing to empty out.

아늑한 무덤가에 잠자리를 틀면

별은 근사한 취침 등이 되고

부드러운 잔디는

고급 진 침대가 되지

풀벌레의 구슬픈 자장가로

자유로운 영혼은

매일 하루를 마감하지


나는 거지

갈 곳은 걱정 없고

몸과 마음은 가벼우니

버릴 것도 잊을 것도

지울 것도 비울 것도 없지

I am a beggar.

I wander freely

in the eternity of time.」

나는 거지

영원한 시간 속에서

자유롭게 노닐지.」

# 오지않는 것들

그립다고
  님 오지 않고
버렸다고
  님 오지 않네

붙잡을 걸 하고
  가슴치고 통곡하는 건
떠난 님뿐 아니네

떠난 비련속에
  되돌아 올리던
내 젊은 날의 초상도
  어디에도 없네
어이하나 우리 님
어이할까 이내 맘

## 그리움

그리움이란 살아있는 생명체가 아닐까 싶다.
잡을 듯 잡힐 듯 안타깝게 내 주변을 서성이면서
잊지도 보내지도 못하게 가슴을 찔러 댄다.
언젠가 가야 할 날이 올 텐데
이 많은 그리움을 다 털고 갈 수 있을지
오늘도 바람마다
그리움이 머무른다.

# Scar

Even if you leave the scar

all over my heart,


my life is

beautiful because of you.」

# 흉터

당신에 대한 상처가

내 온 가슴에 흉터로 남아도


내 삶은

당신으로 아름답습니다.」

# Drinking in the Waves

Translated by Boyoung Yoon

The night calls the

memories of friends and lovers

as it brings back the time

of raising our glasses for a good toast.


The whirlwind of time, I blame.

Rusted are loyalty and passion

I once sought as a part of me.

My world is now upside down.


In the solitude, I drink up

the memories. The good old times,

now I use for a chaser.

# 흔들릴 때마다 한 잔

눈물 나던 우정과 사랑의 기억 저편에서

부서져라 부딪히던 술잔 속에 담긴

그 많은 추억이

미치도록 그리운 밤입니다


목숨과도 같던 인연들과

하루라도 안 보면

온 세상이 무너질 것 같던 우정과 사랑은

세월의 폭풍 속으로 사라졌습니다.


이제는 홀로 쓸쓸히

아련한 추억의 조각들을 안주 삼아

술잔을 비워 갑니다.

As I empty the glass,

loneliness claims me.

As I work on the bottle,

nostalgia arises.


It's another night

I join my own shadow for a company.

Worry not. I pay for our time until dawn comes.


In the fluorescent light, I drink.

My restless body and heart

wave

and wave again.

술잔이 비워질 때마다

외로움이 덮쳐오고

술병이 비워질 때마다

그리움이 밀려옵니다.


오늘 밤도 주머니를 털어서

내 그림자 친구와 이 밤이 세도록

잔을 부딪쳐야 할 모양입니다.


흔들리는 백열등 불빛 아래

내 지친 몸과 마음도

흔들흔들

흔들려 갑니다.

Yes, I surrender.

I go along.

I drink in the waves.


I call the toast

to honor all the faded memories.


I call the toast

to respect my dying soul in nostalgia.


I call the toast

to welcome my spiritual mortality.


I say cheers.」

그래 이 밤도

흔들리면 흔들리는 대로

흔들릴 때마다 한 잔.


한 잔은

떠나보낼 빛바랜 모든 추억들을 향하여


또 한 잔은

그리움에 죽어가는 내 영혼을 위하여


마지막 잔은

다가올 내 영혼의 슬픈 종말을 위하여.


건배.」

# The Olden Twilight

I sit flabby at the end of the wooden porch,

and stare at the red sunset beyond distant mountains.

A grin spreads of peaceful easement.


All moments had passed like a dream.

Just like the sun sets to the ground,

a lifetime had pulled down in an instant.


The unpleasant circumstances of childhood,

reasonless and endless wandering in adolescence,

the brief happy moments,

the reckless attempts and failures,

and the inescapable loneliness of the middle-aged life.

# 황혼

톳마루 끝에 펑퍼짐하게 앉아

먼 산 너머 붉게 지는 노을을 보면

평화로움과 편안함에 절로 미소 짓는다.


꿈같이 지난 순간순간의 기억들.

어느덧 황혼이 저물 듯 한평생이

하룻저녁처럼 저물어 가고.


유년 시절의 불우한 환경과

청소년기의 밑도 끝도 없는 방황

잠시 잠깐의 행복한 삶을 뒤로

젊은 날의 무모한 도전과 실패

헤어날 수 없는 중년의 고독한 삶

Before I knew it, time took all that away.

Now, I am left with the peacefulness of an old age.


Thankfully I still have someone

to warmly hold my hand.

For that, I have the most happy

and beautiful life in the world.


Standing at the end of a long journey called life,

I try breathing in and out at last.


As always, my day begins with dazzling sunlight,

and ends beautifully with the radiant lights of

stars and moon in the darkness.

어느덧 시간이 모든 것을 데려가고

이제 노년의 평화로움만이 남았다.


다행히 내 곁에 아직도 따뜻하게

내 손을 잡아주는 이 있어

나는 이 세상 그 무엇보다

가장 행복하고 가장 아름답다.


삶이라는 긴 여정의 끝에서

나는 이제 숨을 제대로 쉬어 본다.


오늘도 눈 부신 햇살과 함께 시작하고

어둠 속 빛나는 별빛 달빛과 함께

오늘 하루도 아름답게 스러진다.

I cannot be taken anywhere.

For I am not a part.

My day is now relaxed and fresh.」

세상은 나를 데려가지 못하고

나는 이제 세상에 속하지 않는다.

나의 하루는 여유롭고 신선하다.」

# 『멍돌의 노래』에서 발췌

죽는 날까지 한 점 부끄럼 없기를.

윤동주 시인처럼 세상을 살고 싶었습니다. 그러나 살아가는 시간의 무게와 부피와 넓이만큼 부끄러움이 커져갔습니다. 못난 자신에 대한 자학만이 깊어져 갔습니다. 천근, 만근의 무게가 어깨를 짓누르며 가슴에는 피멍이 들어갔습니다. 두 눈은 굶주린 사람처럼 퀭해져 갔습니다. 그러나 내 연약한 영혼은 꾸준히 무언가를 찾고 있었습니다. 예전에는 몰랐습니다. 그러나 이제는 알게 되었습니다. 어렴풋 '그리움'이라는 단어에 담을 수 있는 무언가입니다.

그리움이란 뭘까요?

그리움을 노래한 시인들처럼 그럴싸한 문장으

로 설명할 순 없어도, 우리는 모두 그리움을 알고 있습니다. 가슴으로, 마음으로, 심장으로 느낄 수 있습니다. 때로는 아련함이고, 서러움이고, 쓰라림, 가슴 조임, 쿵쾅거림, 먹먹함, 슬픔, 안타까움, 미련, 후회, 추억, 눈물, 혹은 고통입니다. 하지만 때로는 미소, 행복, 포근함, 무지개 같은 희망, 설렘, 기대, 사랑 등이 되기도 합니다.

언젠가부터 그리움 속에서 살고 있습니다.

누구에 대한 그리움인지, 무엇에 대한 그리움인지, 알 수 없습니다. 살아온 인생을 알고 있는 주변 사람들은, 그럴만하다며 이야기합니다. 그러나 저는 뭐가 그럴만한지 감조차 오지 않습니다. 때때로는 그리움 속에 들어가 지난날을 돌이켜 봅니다. 내가 상처 준 순간,

내가 상처를 받은 시간, 지나간 인연, 후회스러운 일들, 막연한 대상에 대한 기대와 상상, 하찮으리만큼 작은 추억, 그리고 아직 다가오지 않은 날들까지도 막연히 그리워합니다. 그러나 제가 정말로 진정으로 그리워하는 대상인지는 단정 지을 수 없습니다.

당신의 그리움은 어떻습니까?

생각만으로도 머리카락 끝에서부터 전율이 일어나 온몸으로 퍼지나요? 가슴은 가득 메우는데 머릿속에선 알 듯 말 듯 한가요? 새벽녘 동트는 것처럼 찬란하게 나타날지 싶다가도, 희미하게 사라질 물안개처럼 스멀스멀 피어오르나요? 말로는 죽도록 밉다고 하면서도 생각할수록 사무치는가요? 숨어 있다가 갑자기 불쑥 솟

아나 샘물을 이루고 강물을 이루다가 바다처럼 차고 넘치게 되어서 점점 걷잡을 수 없이 거세지나요? 이슬비처럼 내리다가 소낙비가 되고 폭풍우처럼 불어나는 것. 그게 바로 그리움이 아닐까요?

사람은 누구나 외롭다고 생각합니다.

군중 속에 있어도 결국 인간은 혼자입니다. 그걸 깨닫는 순간, 외로움은 친구가 되고 어둠은 습관이 됩니다. 뒤를 이어, 까닭 모를 슬픔이 찾아옵니다. 아마도 세상 혼자 오고 홀로 가야 하는 숙명 때문인지도 모르겠습니다.

그리움이 먼저인지 외로움이 먼저인지 슬픔이 먼저인지, 저는 아직도 모르겠습니다. 그러나 이 모든 게

그리움과 연결되고 시작되며 끝난다는 것은, 필연적으로

만나야 하는 무언가라는 생각이 듭니다. 결국, 그리움을

느끼는 것은 누군가를 향한 감정이 아니라 나 자신을 찾

는 여정의 일부가 아닐까요?

저는 아직 저의 그리움에 대한 답을 찾지 못했

습니다. 아직도 저를 찾지 못하고 방황하고 있습니다. 언

젠간 답을 만날 수 있을까요? 어쩌면 답이란 존재하지

않는지도 모릅니다. 아니면 이미 무척 잘 알고 있을지도

모르지요.

분명한 것은 하나입니다. 저의 그리움은 아직

진행형이라는 것이지요. 숨이 멈추는 날까지 저는 아마

도 누군가를 계속해서 그리워하며 살게 될 겁니다. 오늘

도 미칠듯한 그리움으로 서투른 노래를 부릅니다. 저물

어 가는 붉은 노을을 향해 목 놓아 소리칩니다. 마지막

그리움을 노래하는 그 순간을 기다리며.


멍돌 합장

내로라한 시집 #001
모든 것이 시간 속에 사라져

1판 1쇄  2024년 4월 1일

ISBN 979-11-985877-0-1 (03810)

지은이 : 멍돌
엮은이 : 차영지
옮긴이 : 차영지, 윤보영

내로라한 주식회사, 내로라 출판사
내로라한

출판등록 : 2019년 03월 06일 [제2019-000026호]
전자우편 : Naeroras@naver.com
내로라 카페 : https://cafe.naver.com/naeroras
내로라한 가게 : https://smartstore.naver.com/naerorahan
인스타그램 아이디: Naerorabooks